Analyse de l'œuvre

Par Aurélie de Gerlache

Couleurs de l'incendie

Pierre Lemaitre

lePetitLittéraire.fr

Analyse de l'œuvre

Par Aurélie de Gerlache

Couleurs de l'incendie

Pierre Lemaitre

lePetitLittéraire.fr

Rendez-vous sur lepetitlitteraire.fr et découvrez :

Plus de 1200 analyses
Claires et synthétiques
Téléchargeables en 30 secondes
À imprimer chez soi

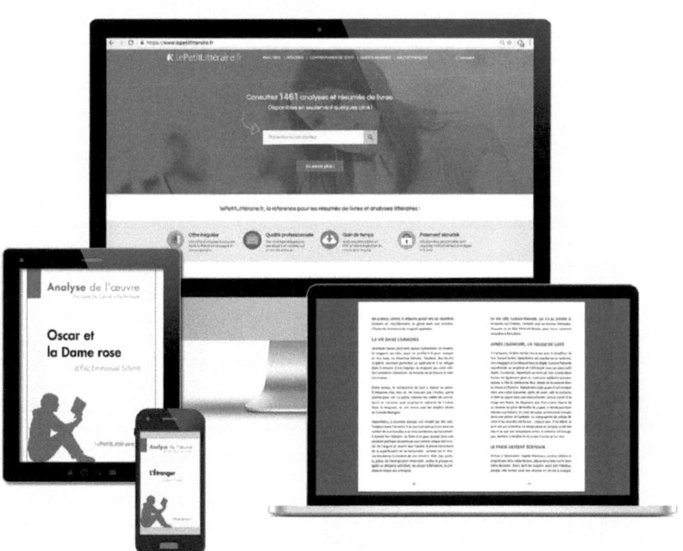

COULEURS DE L'INCENDIE

L'HISTOIRE DE LA VENGEANCE D'UNE FEMME À TRAVERS UNE FRESQUE ROMANESQUE DANS LE PARIS DES ANNÉES 1930.

- **Genre :** roman
- **Édition de référence** : *Couleurs de l'incendie*, Paris, Éditions Albin Michel, coll. « Livre de poche », 2019, 540 p.
- **1re édition :** 3 janvier 2018
- **Thématiques :** Fresque familiale, France des années 1930, féminisme, émancipation féminine face à la domination masculine, montée des totalitarismes en Europe, contexte avant Seconde Guerre mondiale.

Couleurs de l'incendie est le second volet de la trilogie *Les enfants du désastre* après *Au revoir là-haut* et prend Madeleine Péricourt, sœur d'Édouard Péricourt (l'un des personnages principaux d'*Au-revoir là-haut*), pour personnage principal. En février 1927, le Tout-Paris assiste aux obsèques de Marcel Péricourt. Sa fille, Madeleine, doit prendre la tête de l'empire financier dont elle est l'héritière, mais le destin en décide autrement. À la suite d'un drame inattendu survenu à son fils de sept ans, Paul, Madeleine va sombrer vers la ruine et le déclassement jusqu'à finalement rebondir.

Une sorte d'hommage à Alexandre Dumas, et plus généralement au roman du XIXe siècle, ce second volet de la trilogie se déroule entre 1927 et 1933. Cette fresque est une chronique de l'entre-deux-guerres et se déroule dans les années 1930, au moment du développement du capitalisme et des crises financières, de la montée du fascisme et du nazisme. Si Pierre Lemaitre prend quelques libertés avec la réalité comme il le souligne dans les remerciements de son œuvre, *Couleurs de l'incendie* reste un reflet de la société de l'époque. Il s'inspire de faits réels en citant ses sources.

Ce second volet très attendu après le prix Goncourt 2013 d'*Au-revoir là-haut* a été très bien accueilli par la critique et les lecteurs. Il est en cours d'adaptation au cinéma par et avec Clovis Cornillac. Le film sortira le 9 novembre 2022. Avec *Couleurs de l'incendie*, Pierre Lemaitre a relevé le défi de signer une suite aussi tragique que réussie aux péripéties de la famille Péricourt.

PIERRE LEMAITRE

ÉCRIVAIN ET SCÉNARISTE FRANÇAIS

- **Né le 19 avril 1951 à Paris.**
- **Quelques-unes de ses œuvres :**
  - *Travail soigné* (2006), roman (a obtenu le Prix Cognac en 2006)
  - *Robe de marié* (2009), roman
  - *Au revoir là-haut* (2013), roman (récompensé du Prix Goncourt 2013)

Fils d'employés de sensibilité politique de gauche, il passe son enfance entre Aubervilliers et Drancy. Psychologue de formation, et autodidacte en matière de littérature, il effectue une grande partie de sa carrière dans la formation professionnelle des adultes, leur enseignant la communication, la culture générale ou animant des cycles d'enseignement de la littérature à destination de bibliothécaires. Il se consacre ensuite à l'écriture en tant que romancier et scénariste, vivant de sa plume depuis 2006.

À travers une bibliographie foisonnante en termes de nombres d'ouvrages et de genres littéraires, dans son premier roman *Travail soigné*, Pierre Lemaitre rend hommage à quelques-uns de ses maitres, Bret Easton Ellis, Émile Gaboriau, James Ellroy, William McIlvanney, en faisant d'œuvres de ces écrivains des protagonistes de son intrigue. Dans son deuxième roman *Robe de marié*, il y fait l'exercice explicite d'admiration de l'art hitchcockien et a obtenu pour ce roman le prix du Meilleur polar francophone. Pierre Lemaitre est reconnu comme l'un des grands auteurs d'aujourd'hui et le prix Goncourt 2013 pour *Au-revoir là-haut* a inscrit son nom dans la littérature francophone.

Ses romans sont traduits en trente langues et plusieurs sont en cours d'adaptation au cinéma et au théâtre « Pierre Lemaitre » [en ligne]).

RÉSUMÉ

Après le suicide d'Edouard Péricourt, sept ans plus tôt, *Couleurs de l'incendie* s'ouvre sur un double drame. Nous sommes en 1927 et alors que nous assistons aux obsèques de Marcel Péricourt avec le Tout-Paris, Madeleine, fille du défunt et sœur d'Edouard Péricourt, voit son jeune fils de sept ans tomber du deuxième étage sur le cercueil du patriarche. Entre la vie et la mort, Paul sera transporté à l'hôpital. Il sortira du coma et survivra à cette chute, paraplégique. Unique héritière de l'immense empire financier laissé par son père, Madeleine doit reprendre la direction de la banque familiale alors qu'elle ne possède aucune compétence dans ce domaine. Son ex-mari, le lieutenant Pradelle, est en prison pour escroquerie. Entre Léonce Picard, sa dame de compagnie, André Delcourt, le précepteur de son fils, son oncle Charles Péricourt, endetté et ayant toujours vécu aux crochets de son frère défunt, ainsi que Gustave Joubert, président et bras droit de Marcel Péricourt, Madeleine est la proie de ces vautours en mal d'héritage. En effet, la lecture du testament de Marcel Péricourt chez le notaire attribuant 80 % de sa fortune à sa fille Madeleine, les derniers 20 % sont distribués entre Paul, dernier héritier du nom, des associations d'anciens combattants, des clubs automobiles et d'autres associations pour finir par le personnel de l'hôtel particulier Péricourt, et cela au même titre que Charles Péricourt et Gustave Joubert. Préoccupée par le retour de son fils handicapé à la maison et rongée par les remords de n'avoir pu prévenir cette chute, Madeleine se laisse guider par ces conseillers peu scrupuleux.

Alors qu'André Delcourt fait ses premiers pas dans le journalisme en offrant un article sur les funérailles de Marcel Péricourt à Jules Guilloteaux, directeur du journal *Soir de Paris*, que Charles baigne dans de sombres affaires de chantage, Gustave Joubert, lui, instrumentalise la nouvelle place de Madeleine en tant que présidente du conseil d'administration de la banque de son père. Léonce, face à une Madeleine dévastée et éplorée au chevet de son fils handicapé, tient la maison comme elle peut. Elles vont se mettre en quête d'une dame de compagnie pour Paul. C'est alors que Vladi, jeune Polonaise ne parlant pas un mot de français, fera son apparition. Malgré les réticences de Madeleine quant à cet engagement, avec Vladi et le vent nouveau qu'elle insuffle dans la maison, Paul retrouve l'appétit et se découvre une passion pour la musique, et l'opéra en particulier. Madeleine va par ailleurs payer Jules Guilloteaux pour qu'il engage André Delcourt dans son journal. En effet, les relations entre Madeleine et André s'étiolent et ce dernier n'a plus de raisons de rester dans la maison Péricourt, si ce n'est l'aumône. Gustave Joubert, de son côté, garde les comptes et découvre que Léonce vole sa maitresse. La fraude révélée au grand jour, Léonce devra rembourser, mais se voit pardonnée, et même augmentée, par une Madeleine qui s'en veut de ne pas avoir vu que sa fidèle amie manquait de moyens financiers. La passion pour l'opéra de Paul, et particulièrement son admiration sans bornes pour la Diva Solange Gallinato avec laquelle il entretient une correspondance affectueuse, va le mener à l'opéra. Alors que la vie reprend petit à petit dans la maison, Madeleine commence à s'intéresser à la presse financière. Assoiffés d'argent, Gustave Joubert et Charles Péricourt s'allient pour récupérer ce qui, selon eux, leur est dû dans l'héritage et la fortune Péricourt. À coups de montages financiers et de jeux de bourses, mais aussi d'emprise et de défiance aux yeux de Madeleine, ils parviennent chacun de leur côté à la faire investir dans les parts d'un portefeuille d'actions pétrolières en Roumanie et sociétés connexes qui n'auront bientôt plus aucune valeur. Nous sommes en 1929, la crise économique est planétaire et Gustave Joubert, sous des allures prévenantes, réussira à lui faire signer des montagnes de documents. Alors que Paul part avec Vladi à Milan pour assister au concert que donnera Solange, en tournée européenne, à la Scala, Madeleine fait l'inventaire des dégâts et réalise la dimension de la manipulation. Entre les articles payés de la presse qui vantaient les actions roumaines et Joubert qui se cache derrière des « je vous avais prévenue », Charles, André et Léonce sont injoignables. Elle va être contrainte de tout vendre, il ne lui restera plus rien de la fortune de son père. Gustave Joubert rachètera l'hôtel particulier Péricourt, Hortense, la femme de son oncle Charles s'emparera du mobilier comme un vautour. Madeleine est effondrée et ruinée. Alors qu'elle apprend le mariage de Léonce et Joubert, c'est également le moment des révélations à la question qui la hante, à savoir les circonstances de la chute de Paul sur le cercueil de son Grand-père. Elle assiste démunie aux révélations de Paul quant aux innombrables abus sexuels qu'il a subis de la part de son précepteur André Delcourt. Elle rêve de le tuer ou d'aller porter plainte, mais les supplications de Paul de ne pas devoir reprendre ce récit et la culpabilité qui la ronge de ne pas avoir vu tout cela, et de surcroit d'avoir partagé le lit de ce criminel, vont faire qu'elle agira autrement. La vengeance est un plat qui se mange froid, Madeleine n'a pas dit son dernier mot.

À partir de 1933, alors que Madeleine, Paul et Vladi se sont installés dans un appartement loin des fastes de l'hôtel Péricourt, ils n'existent plus pour personne. Joubert se pavane dans son nouvel état de grâce et de richesse grâce au pétrole irakien avec lequel il s'est enrichi au cours des trois dernières années. Ayant démissionné de la banque, le circuit bancaire prenant l'eau de toute part, passionné invétéré de moteurs et de mécanique, il s'est lancé dans les affaires et a fondé son entreprise, la Mécanique Joubert avec l'enseigne « Renaissance française : ateliers d'études aéronautiques » où il fait des essais sur des ré-acteurs aéronautiques et leur puissance. Joubert est en-touré de nombreux politiciens et financiers. Le contexte d'entre-deux-guerres, la montée du totalitarisme en Italie et partout en Europe comme la notoriété d'Hitler qui émerge sont au centre de tous les débats de ce grou-puscule influent. Pendant ce temps-là, Léonce voit régu-lièrement son amant, un certain Robert Ferrand, malfrat de premier ordre qui s'avère être également son mari. Madeleine qui a retrouvé les traces de Monsieur Dupré, ancien combattant pendant la Première Guerre mondiale sous les ordres de son ex-mari, le lieutenant Pradelle, lui demande d'enquêter pour elle. Elle veut faire tomber l'ancien banquier, le député de l'Alliance démocratique, le journaliste du *Soir Paris* et son ancienne employée. Dupré est très efficace et grâce à ses recherches, Madeleine fait chanter Léonce en la menaçant de révéler son double mariage, punissable d'une peine de prison, si elle ne collabore pas. Léonce devient ainsi la première informatrice des faits et gestes de Joubert. Robert Ferrand, lui, réussit à se faire engager dans la société Joubert avec de nombreuses missions de sabotage investiguées par Madeleine. Charles Péricourt, de son côté, est très occupé à vouloir marier ses filles, jumelles, l'une plus laide que l'autre. Un certain Alphonse Crémant-Guerin, au profil du gendre idéal, étudiant en sciences politiques, apparait comme par miracle. Charles lui fait miroiter un poste d'assistant s'il était élu député de la commission parlementaire contre l'évasion fiscale, en échange de quoi, le jeune homme devra courtiser ses filles. Quant à André, il écrit impunément des articles sur l'ambiance politique. Le plan machiavélique de Madeleine se met en place grâce à Mr Dupré, de qui elle partage la couche de temps en temps. La société Joubert commence à péricliter. Parallèlement à sa correspondance enflammée avec la diva, Paul s'intéresse à la publicité et ses effets, il collectionne les carnets dans lesquels il a découpé et collé des réclames sur les crèmes de minceur qu'il analyse. Vladi reste l'alliée et les jambes fidèles du jeune garçon. À la demande de Madeleine, Mr Dupré met sur la route du petit Paul Mr Brodsky, un pharmacien avec lequel ils travaillent sur la composition d'une crème amincissante et dont la publicité sera étudiée et soignée par Paul. Après un malentendu sur les intentions de soutien de Solange Gallinato à Hitler et le gouvernement du IIIe Reich en place, Paul finit par se rendre à Berlin où

Solange provoquera le régime en refusant de chanter une partition engagée par Richard Strauss. Condamnée à l'exil pour cet acte d'affront envers le régime, elle mourra dans le train vers Amsterdam.

Hortense, la femme de Charles qu'il a délaissée toute sa vie, meurt. Il perd également son poste suite à une grosse révolte du monde ouvrier contre l'impôt et finira par se faire arrêter à l'enterrement de sa femme pour fraude fiscale. En effet, le carnet du banquier Mr. Renaud de l'union bancaire Winterthour, dans lequel figuraient les noms de ses clients ayant un compte en Suisse, a été volé par Robert. Tous les grands noms qui y figuraient vont tomber, dont celui de Charles Péricourt que Madeleine a fait inscrire par Delgas, faussaire en écriture. Léonce vole les plans aéronautiques, rescapés de la faillite de son mari Joubert. Madeleine ira les vendre (en partie seulement puisqu'elle ne compte pas collaborer avec le régime nazi mis en place) aux Allemands à Berlin en se faisant passer pour Léonce Joubert. Ce qui fera accuser et condamner Gustave Joubert pour haute trahison.

Le tableau de chasse de Madeleine et Dupré semble complet si ce n'est qu'il manque le clou de la vengeance : André Delcourt. Peu inquiété jusque-là, il est l'un des journalistes prépondérants, sous le nom de Kairos, toujours, mais dans un grand quotidien fasciste. Madeleine décide, grâce à la mise en scène de Dupré, à Delgas, le faussaire et à l'aide de Robert, de lui faire endosser le crime passionnel d'un fait divers découvert par hasard, dans la presse. Ses sombres pratiques d'autoflagellation décelées par Dupré, l'imitation de son écriture ainsi que du style de sa plume, le feront incriminer pour meurtre.

La vengeance de Madeleine est glaciale. Elle se sera vengée de ces trois hommes en les faisant incriminer, non pas pour leurs crimes respectifs, mais pour des crimes qu'ils n'ont pas commis.

ÉTUDE DES PERSONNAGES

MADELEINE PÉRICOURT

L'histoire s'ouvre alors qu'elle a 36 ans, son frère Édouard s'est suicidé sept ans plus tôt et elle devient, à la mort de son père Marcel Péricourt, patriarche et homme d'affaires, la seule héritière. Elle est divorcée et son ex-mari Henri d'Aulnay-Pradelle, bel homme volage et malhonnête, croupit en prison. Elle n'est ni laide ni jolie et si elle refuse de se remarier comme l'aurait voulu son père, elle trouve un réconfort affectif et sexuel avec André Delcourt, le précepteur de son fils Paul. L'accident de Paul la plonge dans la torpeur et elle ne s'intéresse que très peu à l'empire dont elle hérite, elle est hantée par le pourquoi de cette chute. Alors que Paul retrouve petit à petit gout à la vie, c'est une Madeleine déterminée et intéressée par les affaires que l'on découvre. Bien décidé à investir et honorer la fortune dont elle a hérité, il est hélas trop tard. Elle réalise qu'elle s'est laissé guider à travers une escroquerie orchestrée par les siens, qu'elle est ruinée et que l'homme dont elle avait fait son jouet sexuel a abusé de son fils. Cette torpeur l'abat. Elle doit tout vendre et s'installer dans un appartement avec son fils handicapé et Vladi, mais elle se relèvera et assumera une partie de sa culpabilité, celle d'avoir agi sans prendre réellement connaissance des affaires financières dont elle héritait. C'est à une Madeleine vengeresse que l'on a, désormais, à faire. Elle va mener son plan de sang-froid et devient la marionnettiste de tous ces pions, à savoir ceux qu'elle va écraser comme ceux qu'elle va utiliser et faire chanter pour mener son plan à exécution. Elle terminera sa vie avec son Monsieur Dupré qu'elle ne cessera jamais de vouvoyer et réciproquement.

PAUL PÉRICOURT

Paul est le fils de Madeleine Péricourt et Henri d'Aulnay-Pradelle. Lorsque son grand-père tant aimé meurt, il a sept ans et tombe du deuxième étage sur le cercueil de son grand-père le jour de ses funérailles. C'est un drame qui ne semble pas accidentel. Après un séjour à l'hôpital, il sort du coma paraplégique. Déjà bégayant, la tragédie aggrave cette tendance et il sort petit à petit du silence en écrivant à son entourage. Grâce à l'arrivée de Vladi, sa nourrice qui ne parle que polonais, il revit et en retrouve le gout. Il découvre la musique et particulièrement l'opéra. Il se prend de passion admirative pour une cantatrice célèbre, Solange Gallinato, qu'il ira voir chanter avec Vladi à l'opéra Garnier, mais aussi à Milan et à Berlin. Ils entretiennent une correspondance très affectueuse, limite incestueuse. Au fil du roman, il développe à côté de la musique une véritable passion pour la pharmaceutique et un intérêt pour la publicité. Il a des carnets dans lesquels il découpe et colle des publicités qu'il analyse. Il a alors 13 ans et sa mère qui tombe sur des femmes en déshabillés craint pour l'adolescence de son fils qui, en fauteuil roulant, n'aura pas accès comme les jeunes de son âge à la découverte de son corps et de l'autre. C'est un garçon attentif et attentionné pour sa mère et ceux qu'il aime. Il est très intelligent et entend révolutionner la publicité grâce à la pharmaceutique et l'élaboration d'une crème amincissante. Il a aussi ses idées et n'hésitera pas à s'éloigner, voire à couper les ponts avec sa Solange, lorsqu'il pense que la vieille cantatrice porte allégeance au régime nazi. Dans l'épilogue, on apprend que Paul s'impliquera dans la résistance pendant la Grande Guerre, qu'il en sortira et fondera l'agence de publicité Péricourt. Il se battra aussi pour que la mémoire de Solange Gallinato soit lavée de tout soupçon de soutien au régime nazi. Il se mariera et aura des enfants.

GUSTAVE JOUBERT

Fondé de pouvoir de la Banque Péricourt, Gustave Joubert a 50 ans, il est veuf et sans enfant. Marcel Péricourt le voit comme le parti idéal pour sa fille Madeleine, fraichement divorcée dont l'ex-mari volage et peu scrupuleux est en prison. Madeleine acceptera cette union et très vite après décidera que ce mariage n'aurait pas lieu, ne voulant pas le faire souffrir et en faire la risée du Tout-Paris puisqu'elle ne l'aimait pas. Cette décision intransigeante et univoque blesse Gustave Joubert dans son égo, mais aussi car ses perspectives de devenir héritier officiel s'envolent dès lors. Il est décrit comme économe, sérieux, organisé, maitre de soi, anticipateur. On lui connait une passion pour la mécanique, les voitures et les avions. Grand et mince, des traits anguleux, des épaules larges, c'est un homme investi dans sa mission qu'il considère comme un sacerdoce. Il a des yeux clairs aigue-marine qui cillent très peu et peuvent mettre mal à l'aise. Il est décrit comme quelqu'un à l'imagination restreinte, mais au caractère solide. Homme rationnel, mais peu scrupuleux, avoir dérobé Madeleine à son profit ne l'empêche pas de dormir. Il se consacre à sa passion et son désir absolu d'inscrire son nom dans l'histoire du progrès avec la puissance de ses moteurs aéronautiques qui permettront aux avions de voler plus vite encore. Conscient que sa jolie femme Léonce lui est infidèle, trop concentré sur le prestige de son nouveau statut de propriétaire de l'hôtel particulier Péricourt, son projet aéronautique puis la faillite de son entreprise, il se laisse piéger par Léonce. Cette dernière va lui voler des documents très importants et il sera condamné pour haute trahison. On assiste ainsi à la chute d'un bourgeois pétri de désirs de gloire et d'argent. L'épilogue nous apprend que Gustave Joubert écopera de sept d'années de prison pour « intelligence avec l'ennemi » au terme d'un long procès et qu'il mourra d'un cancer un an après sa sortie de prison.

CHARLES PÉRICOURT

Charles Péricourt a 13 ans de moins que son frère défunt, Marcel Péricourt élevé au titre « d'emblème de l'économie française » par la presse. Il a toujours été un peu moins que son frère, moins brillant, moins travailleur, moins fortuné. Il est devenu député en 1906 grâce à l'argent de son frère. N'ayant aucune qualité politique, sa mission consiste uniquement à complaire aux électeurs et se rendre ainsi populaire aux yeux de tous. Et ses campagnes électorales étaient tenues à bout de bras financièrement par son frère. La mort de ce dernier met en péril sa carrière politique, mais représente cependant une chance pour Charles d'hériter enfin et de voir sa soif d'argent s'étancher. Il est marié à Hortense et ils ont ensemble des jumelles, Jacinthe et Rose. Il a de nombreuses maitresses et ne regarde pas sa femme qu'il ne considère en rien, si ce n'est de lui avoir donné ses filles qu'il aime plus que tout malgré leur laideur absolue et leurs problèmes de dentition atroces qui n'arrangent en rien leur aspect physique. Bien les marier représente un défi majeur pour Charles. Il baigne dans des histoires de chantage et est tenu de faire taire certains afin de ne pas entacher sa réputation de député parvenu. Comble du grotesque, c'est à la commission contre l'évasion fiscale qu'il est élu. À la mort de sa femme qu'il a toujours dédaignée, il réalise combien il l'aimait. Dans l'épilogue, on apprend qu'après son acquittement et l'étouffement du scandale frauduleux par la presse, il ne se serait jamais remis de la mort de sa femme Hortense, que ses filles ne se seraient jamais mariées et qu'après une entrée dans les ordres ratée, elles se seraient repliées à Pondichéry. Leur père Charles les aurait rejoints et y serait mort très peu de temps après.

ANDRÉ DELCOURT

Il est décrit comme un garçon grand et mince aux cheveux ondulés, une sorte de cliché de son époque, avec des yeux marrons assez mornes, mais une bouche charnue et éloquente. Il a les joues creuses et de longues mains. Il est répétiteur de français et parle latin couramment, intarissable sur la Renaissance italienne, il se voulait être poète et rêve de devenir un écrivain reconnu. Il est pauvre et son rôle de précepteur de Paul lui accorde dès lors un logement et un salaire mensuel. S'il est logé à l'étage des domestiques dans l'hôtel particulier Péricourt, il devient l'amant de Madeleine, la maitresse de maison. Son rang réduit très rapidement à celui de domestique sexuel, puisque le petit Paul ne supporte plus la présence de son précepteur, il veut fuir cette situation qu'il estime dégradante. Il est tenu par l'argent. Son désir de prix littéraire et de devenir un grand écrivain ne le fera reculer devant aucun obstacle, comme être acheté pour écrire dans un journal à tendance fasciste. Il est prêt à tout. Coopté dans le journal de Guilloteaux, il est répudié par ses collègues qui le voient comme un imposteur. On apprend au fil du roman qu'il assiste à la sortie des cours de jeunes garçons, qu'il a abusé à maintes reprises du petit Paul et qu'il pratique l'autoflagellation. Psychopathe criminel déguisé en séminariste inoffensif aux ambitions littéraires, il va se faire arrêter, mais pas pour le crime qu'il a commis sur Paul. On apprend dans l'épilogue que, condamné à quinze années de réclusion ferme, il mourra dans de sombres circonstances quelque temps après sa libération, vraisemblablement un suicide.

LÉONCE PICARD

Léonce est la dame de compagnie de Madeleine et la gouvernante du petit Paul. Elle est ravissante et sa beauté électrise tout le monde. Léonce exerce aussi sur sa supérieure un certain charme qui trouble Madeleine et l'empêche de réagir raisonnablement avec sa dame de compagnie. Dépensière à outrance, abusant de son charme, Léonce n'hésite pas à voler sa maitresse, puis à s'allier avec Joubert en devenant sa femme pour condamner Madeleine à la ruine. Elle est déjà mariée à une petite frappe, Robert Ferrand. Léonce, finalement tenue par Madeleine qui menace de la jeter en prison, exécutera avec son acolyte Robert tout ce qu'on lui impose en vue de pouvoir retrouver sa liberté, fuir et changer de nom et de vie, ce qu'elle fera à la fin du roman. Dans l'épilogue, on apprend qu'elle fuit vers Casablanca sous le nom de Madeleine Janvier. Elle se mariera avec un riche industriel normand et aura cinq enfants.

MONSIEUR DUPRÉ

De corpulence trapue, c'est un homme fort, il a les oreilles décollées et les yeux chassieux. Il était dans le même régiment que le lieutenant Pradelle, ex-mari de Madeleine, pendant la Première Guerre mondiale. Exploité comme ouvrier puis comme sergent sous les ordres de Pradelle, il est épuisé par la guerre. Adhérant d'abord au parti communiste sans grande conviction, si ce n'est pour se porter contre le pouvoir en place, il change beaucoup d'emploi, car il saisit toujours l'occasion, dès qu'elle se présente, de soutenir les revendications, les grèves. Moyennant une négociation ardue du tarif, il accepte de faire les recherches de Madeleine et devient son bras droit dans l'élaboration de son plan de vengeance. Finalement, pour Dupré, aider à ruiner un banquier, écraser un député de la bourgeoisie, dessouder un journaliste réactionnaire est une mission comme une autre en faveur du désordre. Ils deviennent amants sans tendresse. En effet, leurs rencontres se terminent très souvent dans un lit sans pour autant qu'aucuns sentiments, quels qu'ils soient, ne soient échangés ou partagés. Ce qui ne les empêchera pas de finir leurs jours ensemble en se vouvoyant des « Monsieur Dupré » et des « Madeleine ».

CLÉS DE LECTURE

RÔLE DE LA FEMME À TRAVERS DIFFÉRENTS PORTRAITS

Pierre Lemaitre soigne tous ses personnages, même les secondaires, ils bénéficient tous de descriptions truculentes parfois acerbes. À cela vient s'ajouter une série de portraits féminins : toutes différentes de par leur caractère, leur âge ou leur situation sociale, mais tellement semblables dans leur dépendance, pliant sous la domination patriarcale qui leur impose, en cette époque des années 1930, d'être reléguée à la deuxième ou la dernière place. La vengeance des femmes est un moteur du roman.

> *Elle avait reçu une éducation de femme. Son père, même s'il l'avait beaucoup aimée, l'avait élevée dans l'idée que pour les grandes choses, elle ne serait jamais à la hauteur.* (p. 203)

En effet, le personnage de Madeleine, effacée dans le premier tome *Au revoir là-haut*, est au cœur de ce livre. Après être tombée au plus bas, à savoir sa ruine, la trahison des siens ainsi que l'infirmité de son enfant, elle va s'émanciper jusqu'à la réalisation ultime d'une vengeance machiavélique. En femme intelligente, elle va rebondir sur sa culpabilité, celle d'avoir laissé des hommes mal intentionnés gérer ses affaires, mais aussi celle de n'avoir pas vu le viol dont a été victime son fils par André, précepteur de ce dernier et son amant de surcroit. Son mari volage et malhonnête est en prison, elle est divorcée et s'il est de bon ton pour une femme de son âge d'être mariée, elle refusera la noce avec Gustave Joubert que son père lui suggère fortement. Ayant été la risée d'un homme volage, elle évoque dans le roman que ridiculiser un homme que l'on aime passe, mais pas celui que l'on n'aime pas. Elle évolue à travers les pages, elle devient libre, elle délègue le bienêtre de son fils tout en restant une mère présente et aimante et elle se consacre à son plan de vengeance comme à ses désirs sexuels à corps et âmes perdus.

Le personnage de la traitresse, Léonce Picard, et son irrésistible derrière décrit par Pierre Lemaitre, est la dame de compagnie de Madeleine. Décrite comme une créature sublime, elle n'hésite pas à user de ses charmes, sur son amie Madeleine comme sur tous les hommes qu'elle rencontre. Réduite au silence, car elle est mariée deux fois, son appétit sexuel n'est pas diminué et elle exécute tout ce que Madeleine lui impose pour retrouver sa liberté. « Léonce avait gagné beaucoup à cette aventure. L'argent (Joubert n'était pas regardant sur les dépenses) et l'emploi du temps (il fermait les yeux). Il avait juste fallu se marier » (p. 229).

Vladi, la nurse polonaise à la sexualité débridée et à la loyauté infaillible, incarne elle aussi la liberté d'être envers et contre tout. C'est peut-être le personnage le plus libre du roman. Elle suit le jeune Paul dans toutes ses passions, tout en restant fidèle à elle-même et à sa langue. « Elle a vécu bien des choses, mais rien n'est jamais venu à bout de sa foi dans l'existence, de son désir de vivre et de jouir. Elle a balayé les opinions que l'on pouvait avoir d'elle, elle a aimé les hommes, le sexe [...] » (p. 421). Elle est indépendante et libre de choisir l'homme qu'elle veut.

Vient également le personnage de Solange Gallinato, diva acclamée par toute l'Europe. Aussi libre que prisonnière des hommes, elle est décrite dans toute sa splendeur, sa tristesse et son excès comme dans sa chute. Aux allures d'une grosse mésange déguisée, sa décrépitude est rendue avec brio. Son esprit et sa morale restent fidèles à ses valeurs. Si la presse lui prête une allégeance au gouvernement du IIIe Reich et à ses idées fascistes, elle fera preuve d'une bravoure inattendue et spectaculaire en cette période, en bravant le programme établi par Richard Strauss pour la gloire du pouvoir en place. Elle mourra dans le déshonneur aux yeux de tous, mais comme une héroïne aux yeux des lecteurs comme de son protégé, Paul, avec qui elle entretient une correspondance tendre aux limites de l'inceste. « Madeleine discerna l'ombre qui voilait parfois le regard de cette énorme femme aux manières extravagantes et ridicules dont la voix tragique transperçait les âmes. Peut-être, sans se le dire, communièrent-elles dans cette impression de se trouver l'une et l'autre devant une sœur qui avait dû elle aussi beaucoup souffrir » (p. 243-244).

Alors que les morts sur le champ de bataille de la Première Guerre ont laissé la place aux femmes dans les champs, les usines et dans la lutte pour leurs droits, les hommes de 1920 veulent reprendre les rênes. Le scandale de Madeleine est celui d'une femme à la tête d'une banque alors qu'elle n'a même pas le droit de signer un chèque. Mais ce bataillon de femmes ne se laissera pas faire ; que ce soit Madeleine qui se venge des hommes qui l'ont bafoué, Léonce qui met son charme au service du combat, Solange qui triomphe de son enfance malheureuse avec sa voix ou encore Vladi qui impose son exubérant dynamisme et sa liberté d'être. Chacune d'elles illustre, avec leurs caractéristiques sociales et leurs luttes respectives, des piliers du chemin parcouru dans le combat pour le droit des femmes jusqu'à aujourd'hui.

ASPECTS HISTORIQUES ET RÉELS EN TOILE DE FOND DE CETTE FICTION

L'aspect politique du travail de Pierre Lemaitre est brillamment mis en lumière dans ce deuxième tome. Très engagé, il nous décrit la crise de 1929, à travers cette fiction, tout en parlant d'un problème très contemporain : l'évasion fiscale. L'ironie du personnage de Charles Péricourt, politicien véreux qui devient chef de la commission de l'évasion fiscale en est un cliché, élaboré et mis en scène avec beaucoup d'ironie dans le roman. Difficile de ne pas penser à des scandales actuels avec la commission Péricourt ou encore aux gilets jaunes lorsque les paysans se révoltent contre l'impôt en faisant bruler des voitures. Les spéculations sur le pétrole, ces commissions d'enquête frauduleuses, l'opportunisme des médias, la fascination du pouvoir politique évoquent subtilement des impressions de déjà ou du moins revu de nos jours.

Par ailleurs, Pierre Lemaitre confesse s'être inspiré librement des fraudes fiscales de la banque commerciale de Bâle pour nourrir l'affaire et les pratiques frauduleuses de l'Union bancaire Winterthour de Mr. Renaud dans son roman. L'entreprise « Renaissance française » de Gustave Joubert s'inspire du redressement français (1925-1935) d'Ernest Mercier comme les agissements du journal *Soir de Paris* de « l'abominable vénalité de la presse française » (série d'articles de Boris Souvarine publiés dans L'humanité en 1923). L'auteur remercie également les historiens qui l'ont accompagné sur le fonds historique de son récit et assume les digressions non fondées. Il reprend le nom de Nicolas Delalande dans son ouvrage *Les Batailles de l'impôt,* duquel il s'est inspiré pour développer les idées de Charles Péricourt concernant la répression fiscale.

Outre l'intrigue savoureuse, cette fresque romanesque s'articule durant l'entre-deux-guerres, la crise des années 1930, l'affirmation du capitalisme, la montée du fascisme, le nazisme qui s'apprête à submerger l'Europe. À travers la satire sur la grande bourgeoisie, c'est toute une époque qui resurgit et met en lumière les changements de la société dus à l'apparition de la technocratie et à son influence sur les gouvernements européens.

> *« Le pays, dit quelqu'un, devrait tout de même prendre conscience que les réformes sont indispensables ! » Cela traduisait bien l'état d'esprit du groupe comme à peu près partout ailleurs, la politique n'avait pas bonne presse. Outre que les scandales à répétition avaient usé les meilleures*

volontés et ébranlé les plus solides convictions, on estimait que personne n'avait eu le courage de prendre les mesures nécessaires contre les pesanteurs françaises. (p. 218)

Les politiciens ont fait leurs preuves, dit Joubert, elles sont accablantes... Il est grand temps que des hommes apolitiques et patriotes disent enfin la vérité au peuple français ! Par « apolitiques », entendre « anticommunistes ». (p. 221)

Hitler fait monter les enchères pour devenir chancelier, il hausse le ton, mais il cherchera une voie pacifique. Les conflits coutent trop cher.

– Chacun jugera... Et l'histoire dira. (p. 222)

Le monde de la presse est mis sur l'échafaud également. Le personnage d'André, dit Kairos dans la presse, au profil pervers et marginal, assouvit ses rêves d'homme de lettres en suivant la mouvance nazie. Comme Jules Guilloteaux, patron du *Soir Paris*, qui ne refusera aucune publication de contenu, vraie ou fausse, pour autant que le montant proposé soit alléchant et flatte son lectorat. Si cette œuvre demeure une fiction, elle est encore plus passionnante, car elle nourrit une certaine réflexion sur notre monde actuel. Pierre Lemaitre raconte comment la lecture assidue des quotidiens de la presse a nourri ses propos et les articles signés Kairos. Guilloteaux, le patron de *Soir Paris*, explique à Madeleine au sujet d'articles parus sur le pétrole roumain : « Ce n'étaient pas à proprement parler de l'information, c'étaient des nouvelles. Un quotidien diffuse les nouvelles utiles à ceux qui le font vivre. [...] Nous présentons la réalité sous un certain jour, voilà tout. D'autres confrères, dans l'opposition par exemple, écrivent l'inverse, ce qui fait que tout s'équilibre ! C'est de la pluralité de points de vue » (p. 189).

INSPIRATIONS DE L'ÉCRIVAIN

Similaire au premier tome, l'intrigue s'ouvre sur un drame spectaculaire : la chute du petit Paul du deuxième étage sur le cercueil de son Grand-Père. Pierre Lemaitre nous déploie ensuite l'histoire en tirant sur ses marionnettes de personnages et la description savoureuse de chacun. Comme dans un film d'Hitchcock, l'une de ses références avérées, il pose une bombe. C'est une sorte de machine à frustration qui va entrainer des vengeances successives. Pierre Lemaitre assume ses inspirations dumaesques et elles sont jubilatoires. Son sens de l'ironie est à l'honneur et les descriptions de la laideur des jumelles Péricourt comme de leur dentition ne font pas exception. Il a le sens du détail et les scènes jubilatoires du genre pleuvent à chaque page.

À la lecture de ce livre, on ne peut s'empêcher de penser à la *Castafiore* dans le personnage de Solange (« Solange était imposante comme une cathédrale, inclassable et tragique. Son large visage, les yeux perdus, les joues tombantes, la masse de son corps rendue plus auguste encore par les flots de tissu dont elle se recouvrait, c'était surprenant comme un bouddha avec une voix de haute-contre », p. 241) ou aux Dupondt avec l'apparition des jumelles atroces (« Excitées par la venue de ce prétendant, palpitantes comme des volailles, elles laissaient s'échapper de leurs lèvres entrouvertes des petits rires étranglés qui trahissaient un désir sexuel rendu obscène par l'incroyable ressemblance qui dupliquait leur laideur », p. 274).

Ces références à la bande dessinée servent son œuvre dans le bon sens et il ne cache pas à la fin de son ouvrage ses multiples inspirations littéraires, comme cité plus haut.

Ce qui marque lorsqu'on lit Pierre Lemaitre, c'est que l'on voit le grand travail de documentation, mais on ressent aussi le grand bonheur qu'il a eu d'écrire cet ouvrage. À plusieurs reprises, il interpelle le lecteur. Il joue la complicité, surtout celle avec ceux qui l'auraient déjà lu et spécialement les lecteurs d'*Au revoir là-haut.* La scène d'ouverture, à savoir les funérailles du patriarche Marcel Péricourt, se lit sans pause, et cela sur 30 pages. Pierre Lemaitre, l'écrivain engagé, en profite, comme son personnage principal, pour se venger, concernant l'évasion fiscale notamment, la presse certainement et la bourgeoise sans conteste. Il y a, parallèlement à cette effervescence des profils et des situations alambiquées, une vraie modestie dans l'écriture qui rend l'ouvrage encore plus exquis.

À la fin du roman, Pierre Lemaitre rend hommage à son maitre Alexandre Dumas et justifie le titre de sa fiction librement inspirée d'un vers d'Aragon. Il remercie sa traductrice polonaise pour les dialogues de Vladi exclusivement en polonais. Il évoque ceux qui l'ont initié à la phonographie pour développer la passion de Paul dans son roman ainsi que le Phono Museum de Paris. Il raconte aussi comment il a été traversé par des choses extérieures dans son écriture comme pour la décision de faire chanter la diva Solange Gallinato assise sur une chaise tout d'un coup, il s'en réfère pour cela à la manière dont Victor Hugo s'interroge sur le mystère de la vocation de Charles Myriel. Il remercie enfin tous ses maitres de manière alphabétique tels qu'Aragon, Alexandre Dumas, Gustave Flaubert, Albert Dupontel, Sacha Guitry, Joseph Roth, etc., pour ne citer qu'eux.

Si l'arrière-plan historique est aussi présent chez Dumas, l'originalité de Pierre Lemaitre dans *Couleurs de l'incendie* comme dans le premier tome *Au-revoir là-haut* est de prendre d'autres versants de l'histoire que ceux déjà exploités à de nombreuses reprises dans la littérature et les biographies existantes. Dans ce roman, tout le monde ne pâtit pas de la même manière de la crise économique et la xénophobie et le fascisme font irruption insidieusement au fil de la lecture. Le lecteur est pris à parti et est happé dans cette lutte où tous les personnages sont pris dans un engrenage tragique et rocambolesque à la fois. Foisonnant de péripéties et de références littéraires, sociétales, politiques et historiques, ce roman satisfait un grand nombre de lecteurs.

PISTES DE RÉFLEXION

QUELQUES QUESTIONS
POUR APPROFONDIR SA RÉFLEXION...

- La vengeance est un plat qui se mange froid, dit-on. Quel aurait été votre scénario de vengeance pour punir celui qui aurait abusé de votre enfant et qui lui aurait volé sa vie ?

- Tous les personnages sont décrits dans leurs faiblesses et leurs atouts. À quelles zones d'ombre ou de lumière de notre nature humaine nous renvoient ces personnages pétris de ressentiments, de désirs d'argent, de reconnaissance, de vengeance, d'amour ou de liberté ?

- Transportés par la plume de Pierre Lemaitre, on est pris au jeu de la vengeance. Comment, en tant que lecteur, se laisse-t-on embarquer dans les scénarios les plus sournois ?

- La montée sourde du fascisme et de la xénophobie des années 1930 dans le roman fait réfléchir à la montée de l'extrême droite actuelle. Comment rester vigilants face aux propos haineux qui s'insinuent dans les débats de société et politiques ?

- La presse corrompue et le contenu payé pour satisfaire son lectorat dans le roman font écho aux réseaux sociaux et à ses algorithmes actuels. Comment s'informer objectivement sans être la proie de contenu trop ciblé ou faussé aujourd'hui ? Comment se forger une opinion objective ?

- L'évasion fiscale est élaborée et présentée dans son paroxysme et sa vérité la plus clichée. Aujourd'hui, qu'en est-il ? À l'heure d'Internet et de la mondialisation, comment poursuivre ce fléau ?

- En tant que femme ou si vous en étiez une, au début des années 1930, à quel profil des personnages étudiés ressembleriez-vous ? Développez.

- Les inspirations partagées par l'auteur à la fin de l'ouvrage, ainsi que le ton personnel lorsque Pierre Lemaitre s'adresse au lecteur dans le récit, créent-elles une promiscuité ? Le narrateur omniscient est-il de trop ou rajoute-t-il une connivence avec le lecteur ?

POUR ALLER PLUS LOIN

ÉDITION DE RÉFÉRENCE

- Lemaitre P., *Couleurs de l'incendie*, Paris, Albin Michel, coll. « Livre de poche », 2019.

SOURCES COMPLÉMENTAIRES

- « Pierre Lemaitre » in wikipedia.org, consulté le 6 décembre 2021, https://fr.wikipedia.org/wiki/Pierre_Lemaitre

ADAPTATIONS

- *Couleurs de l'incendie*, film de Clovis Cornillac avec Léa Drucker, Benoît Poelvoorde, Alice Isaaz, Fanny Ardant, Olivier Gourmet, Clovis Cornillac, sortie : 9 novembre 2022.

lePetitLittéraire.fr

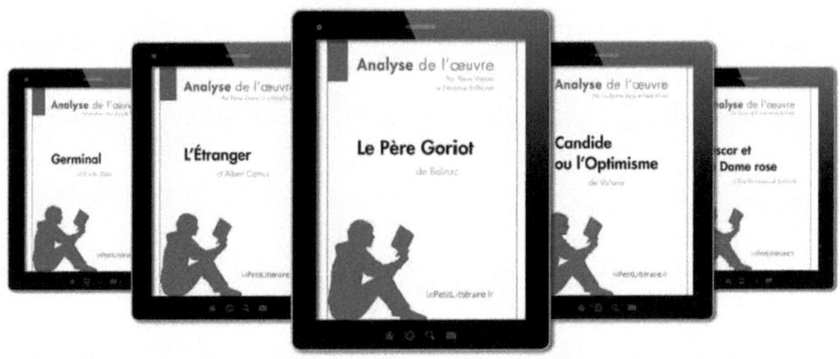

- un résumé complet de l'intrigue ;
- une étude des personnages principaux ;
- une analyse des thématiques principales ;
- une dizaine de pistes de réflexion.

Retrouvez
notre offre complète sur
lePetitLittéraire.fr

www.lepetitlitteraire.fr

ISBN version numérique : 9782808026871
ISBN version papier : 9782808026888
Dépôt légal : D/2021/12603/184

Conception numérique : Primento,
le partenaire numérique des éditeurs.